GATOMÁGICO

Para Sandra (y Puss)
— L.L.

© 2004 Annick Press Ltd. (Spanish edition)
© 1998 Loris Lesynski (text and art)
© 2003 Spanish adaptation in rhyme by Yanitzia Canetti

Editorial Services in Spanish by VERSAL EDITORIAL GROUP, Inc.
www.versalgroup.com

Annick Press Ltd.

Agradecemos la ayuda prestada por el Concejo de Artes de Canadá (Canada Council for the Arts), el Concejo de Artes de Ontario (Ontario Arts Council) y el Gobierno de Canadá (Government of Canada) a través del programa Book Publishing Industry Development Program (BPIDP) para nuestras actividades editoriales.

Cataloging in Publication
Lesynski, Loris
[Catmagic. Spanish]
   Gatomágico / escrito e ilustrado por Loris Lesynski ; versión al español por Yanitzia Canetti.

Translation of: Catmagic.
ISBN 1-55037-874-0

   1. Cats--Juvenile poetry. 2. Witches--Juvenile poetry.
3. Retirement communities--Juvenile poetry. I. Canetti, Yanitzia, 1967- II. Title. III. Title: Catmagic. Spanish.

PS8573.E79C3718 2004   jC811'.54   C2004-901020-4

El arte de este libro fue realizado en acuarelas y lápices de colores. El texto fue escrito en tipografía Utopia.

Distribuido en Canadá por:
Firefly Books Ltd.
66 Leek Crescent
Richmond Hill, ON
L4B 1H1

Publicado en U.S.A. por
   Annick Press (U.S.) Ltd.
Distribuido en U.S.A. por:
   Firefly Books (U.S.) Inc.
   P.O. Box 1338, Ellicott Station
   Buffalo, NY 14205

Impreso y encuadernado en Canadá
por Friesens, Altona, Manitoba
Printed in Canada

Rupert, Toby y Spike sirvieron de modelos en la creación de Misu.

Visítenos en: www.annickpress.com

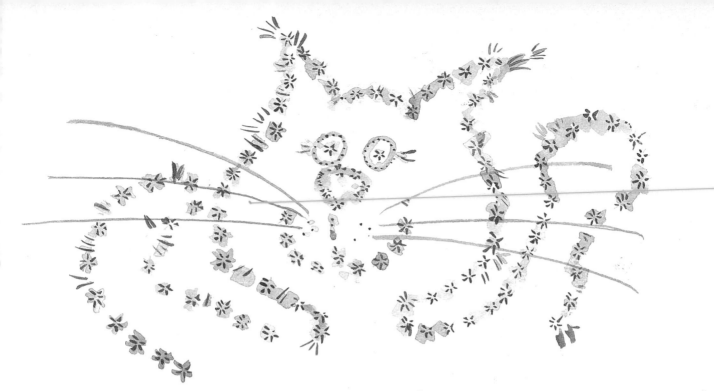

GATOMÁGICO

escrito e ilustrado
por Loris Lesynski

versión al español por Yanitzia Canetti

Annick Press
Toronto • New York • Vancouver

—¡El Hogar de las Brujas tiene libre una alcoba!
—le dijo Bruja Arabela al gato de su escoba.

—Después de tanto hechizar,
tenemos que descansar.
¿Estás de acuerdo, Misu? —le dijo al aterrizar.

A Misu le encantaba la gente,
y le encantaba charlar.
Su cabeza dijo un *¡SÍ!*
Y volaron al lugar.

HOGAR DE
LAS BRUJAS

PASE USTED

La bruja en la puerta dijo: —Oh, pasa, querida mía.
Y notó que de la cesta una orejita salía.

—Ajá, ¿conque al gato negro tienes aún?
¿Y si nos diera problemas ese gato común?

—Tenemos que andar juntos
—Arabela le pidió.

—Ya veremos… Ahora pasa
—la otra bruja respondió.

Pero todas comprobaron,
cuando ella desempacaba aún,
que el gato de Arabela
no era negro ni común.

Moteado y salpicado
hasta la punta del rabo,
con dos garras moradas,
una ámbar, otra colorada.

Rojos carmesí y azules
era aquel revoltillo
de pelo verde limón,
anaranjado, amarillo.

Con su sonrisa decía:
¿Me puedo quedar?
Y patatín, patatán,
se puso a payasear.
—De acuerdo —dijeron—,
pero deja de estorbar.

Bruja Arabela y su Misu
se acomodaron con emoción;
estaban ansiosos por tener diversión.

Allí había de *todo*
menos… un lugar
para guardar las cosas
que trajeron al hogar…

…sus cojines favoritos, jaspeados con lunarcitos.

…sus chucherías favoritas, estampadas con puntitos.

Y asombrosamente mezclados,
figuritas con cuadrados.

Cosas rizadas, arremolinadas
y con manchas, ¡qué amasijo!

¡Demasiados butacones!

¡Qué tremendo revoltijo!

Y Misu estaba agotado
por sentir gran regocijo.

Así que tomó una siesta
pero prestaba atención,
disfrutando muy de cerca,
la buena conversación.

Hasta que…

María Rubí derramó
su hirviente té de dragón
y no vio que Misu estaba
al lado de su almohadón.

Luego Terry Torre Alta
dio un tremendo resbalón
y le cayó encima a Misu
que estaba en un escalón.

Griselda, la mayor, se levantó del asiento:
tras su trasero vio a Misu
desinflado y descontento.

Las brujas se lamentaron: —¡No se ve, al parecer!
Y por eso lo aplastamos y golpeamos sin querer.

—¿Y si se queda en tu cuarto, donde no estorbe por gusto?
—le preguntaron a Arabela. Mas no parecía justo.

—Le *encanta* estar con nosotras —dijo ella con firmeza—.
Él se quedará sentado, allá en la esquina ésa.

Misu *sí* lo intentó…
pero no tenía remedio.
Al minuto ya él estaba
atravesado en el medio.

—Pronto alguien —María Rubí murmuró—
va a salir lastimado, y ojalá no sea yo.

—¡Qué lástima! —dijeron—. ¡Él tiene que irse hoy!
Y dijo Arabela triste: —Pues yo también me voy.

Ella comenzó a empacar y Misu empezó a pedir
moviendo su cabecita: *¡Ay, no… No me QUIERO ir!*

No estaba a salvo en el sofá y en el piso era peor.
Pero nunca en ningún sitio se había sentido mejor.
Así que…
se dirigió a cada bruja y se puso a averiguar:
¿Te queda alguna magia que sirva para hechizar?

—Ay, Misu —dijo Griselda—,
¿no ves lo viejas que estamos?
No podrías hacer mucho
con los hechizos que hagamos.
Un poquitín de magia,
o sólo ideas, digamos.
Partes muy chiquititas,
sólo eso recordamos.

—Todas las partecitas me sirven —Misu insistía.
Y patatín, patatán, payaseaba y persuadía,
hasta que cada una hizo lo mejor que podía.

Misu, cautelosamente,
—qué gato tan majadero—
le indicó a cada bruja
que agarrara su sombrero.
Y les indicó que fueran
al oscuro corredor.
Él tenía un nuevo hechizo:
¿Harán ellas lo mejor?

Se rieron un poquito,
e hicieron ciertos ruiditos;
casi tropiezan con Misu
pues era muy pequeñito.

Dijeron el hechizo de Misu.
Nada ocurrió en ese instante.
Once veces lo intentaron.
Él persistía:
   ¡ADELANTE!

¿Qué fue lo que dijeron? ¿Qué cosa susurraron?
De esa rara manera… ¿qué cantos entonaron?

Pues al ratito dijeron: —¿DÓNDE ESTÁ EL GATO?
No está bajo los sofás ni en el tapete barato.
¡Ni debajo de las camas!
¡Ni encima de las mesas!
¿Dónde está?
            PUES ALLÁ…

¡Sí! En el techo,
como una mancha.
Allí se estiraba
Misu a sus anchas
como cualquier gato,
sano y salvo, como ves
—como cualquier gato
que está justo *al revés*.

Griselda dijo: —¡Qué bien!
¡Lo pudimos lograr!
Unidas, nuestra magia
sí puede funcionar.
Terry dijo: —Nuestro Misu
ahí se puede quedar.
Aún estaría en el cuarto…
pero sin estorbar.

Las brujas se subían para alimentarlo.

A la hora del ejercicio, podían acariciarlo.

Cuando Bruja Arabela lo empezaba a extrañar,
Misu la invitaba arriba, a su lugar.
Un poco de magia reservó para eso:
una visita a Misu, un abrazo y un beso.

Y si una quería estar sola alguna vez,

se hechizaba a sí misma para estar al revés…

hasta que a veces el techo
tenía tanta gente…

que Misu volvía
a ser normal nuevamente.

• FIN •